Julius Sturm, Wilhelm Tschirch

Die letzten Meistersänger in Ulm: für Männerstimmen (Solo u. Chor) und Orchester: op. 66

Antigonos

Julius Sturm, Wilhelm Tschirch

Die letzten Meistersänger in Ulm: für Männerstimmen (Solo u. Chor) und Orchester: op. 66

Unveränderter Nachdruck der Originalausgabe von 1867.

1. Auflage 2024 | ISBN: 978-3-38616-002-5

Antigonos Verlag ist ein Imprint der Outlook Verlagsgesellschaft mbH.

Verlag: Outlook Verlag GmbH, Zeilweg 44, 60439 Frankfurt, Deutschland, info@outlook-verlag.de
Vertretungsberechtigt: E. Roepke, Zeilweg 44, 60439 Frankfurt, Deutschland
Druck: Libri Plureos GmbH, Friedensallee 273, 22763 Hamburg, Deutschland

Die letzten Meistersänger in Ulm.

Dichtung von JULIUS STURM

Für Männerstimmen (Solo u. Chor)

und

ORCHESTER

componirt und

dem Liederkranz in Ulm

freundschaftlichst gewidmet

von

WILHELM TSCHIRCH.

Op. 66.

Klavierauszug Pr. 1 Thlr. 20 Sgr. Die 4 Stimmen Pr. 1 Thlr.

Textbuch Pr. 1 Sgr.

Verlag und Eigenthum von CONRAD GLASER IN SCHLEUSINGEN.

New-York bei Schuberth & Co

Correcte Abschriften der Partitur und Orchesterstimmen durch die Verlagshandlung.

wal - - tig durch das Land.
Er singt ein Lied von neu-en Zei-ten, doch ob der
Ton auch rein und echt, das mag statt mei - ner nun ent-
schei-den der neu - en Mer-ker streng Ge-schlecht, der neu - en Mer-ker streng Ge-
schlecht.
Tenor I. Solo.
Der Kronenmeister. Wo ein

№ 2. BASS I. SOLO.

Allegretto. ♩ = 120.
Merkmeister.
Bass I.
Pianoforte.
Wenn neu - e Wei-sen son ster-klan-gen, lauscht ich mit
mei-ner Mer-ker Schaar und nie ist uns ein Ton ent-gan-gen, der nicht der Mei-ster wür-dig
war.
Die Brü-der deckt des Gra-bes Hü-gel, der Grif-fel
sank aus mei-ner Hand, ein neu-er Geist regt sei-ne Flü-gel und rauscht ge-
f
p
mf
cresc.
f
p
cresc
f

die al - ten Wei - sen sind im Volk ver - hallt, sie sind ver-
die al - ten Wei - sen sind im Volk ver - hallt, die al - ten Wei - sen sind im Volk ver-
hallt, sie sind ver - hallt.
hallt.
Und schon blinkt
un - ser Haar wie Sil - ber weiss:
Drum sind wir hier ver-
eint zu ern - stem Wer - ke des ed - len Mei - ster - san - ges letzt Ge - mer - ke.

Die letzten Meistersänger in Ulm.

N⁰ 1. QUARTETT.

N⁰ 3. TENOR I. SOLO.

Nº 4. TENOR II. SOLO.

mit Wen-gem kam ich red-lich aus, mit Vie-lem hielt ich fröh-lich
Haus, mit Wen-gem kam ich red-lich aus. Nun lausch ich
ach! kein lei-ser Klang, da wird mir um die Kas-se
bang, da wird mir um die Kas-se bang.

Die Büch-se schütt'l ich hin und her,
die Büch-se schütt'l ich hin und her,
einst war sie voll, nun ist sie
leer, nun ist sie leer, einst war sie voll,
nun ist sie leer, nun ist sie leer,
nun ist sie leer, nun ist sie leer.
Auf,
Recitativ.
Schlüs-sel-mei-ster üb' im Saal dein Schlüs-sel-amt zum letz-ten

N⁰ 5. QUARTETT.

N⁰ 6. CHOR.

(Aus der Ferne.)*

* Bei der Aufführung wird der Chor zum 1. u. 2. Vers dieses Liedes, etwa dreifach besetzt, ausserhalb des Concertlocals aufgestellt.
Der 3. Vers wird von allen Sängern im Concertlocale gesungen.

aus
Die Meistersänger.
Hört ihr das Lied, sie nahn, sie nahn. Die Fa-hne flat-tert hoch vor -
Quartett.
mf
mf
f
Pft. mf
f
Die jungen Sänger.
V.2. So lan-ge noch ein Au-ge blickt voll
an dem jun-gen Sän - ger - -bünd.
mf
f
f

Schmerz, voll Schmerz, und Lie - bes - zau - ber süss um-strickt ein Herz, ein
Herz. So lang, so lang, so lang, so lang geht Sang und Klang nicht
so lang, so lang, so lang geht Sang und Klang, ja
aus, so lang, so lang geht Sang und Klang nicht aus, ja
geht Sang und Klang ja
Sang und Klang nicht aus geht Sang und Klang nicht aus ja Sang und Klang nicht
geht Sang und Klang ja
so lang, so lang geht Sang und Klang, ja
so lang, so lang, so lang geht Sang und Klang, ja
aus, so lang, so lang geht Sang und Klang nicht
lang geht Sang und Klang,

B
Die Meistersänger.
aus.
Weit auf die Tho-re. Lasst sie ein! Sie soll'n uns hoch will-kóm-men sein.
Eintritt des ganzen Orchesters.
Sie soll'n uns
f
cresc.
Die jungen Sänger.
ff
Chor. (Im Vordergrunde.) V.3. So lang noch ei-ne Faust sich ballt um's Schwert, um's Schwert, wenn's vor dem Feind zu
ff
schir-men galt den Heerd, den Heerd: So lang, so lang, so lang, so lang geht Sang und Klang nicht
167

so lang, so lang, so lang geht Sang und Klang, Sang und Klang nicht
aus, so lang, so lang geht Sang und Klang nicht aus, ja Sang und Klang nicht
so lang, so lang, so lang geht Sang und Klang,
aus, geht Sang und Klang, ja Sang und Klang nicht
aus, geht Sang und Klang nicht aus, ja Sang und Klang nicht aus, so
geht Sang und Klang,
lang, so lang geht Sang und Klang nicht aus.
lang geht Sang und Klang

N.º 7. CHOR UND QUARTETT.

cresc.
f
mäch - tig tö - nen dei - ne Lie - der, und mäch - tig tö - nen dei - ne Lie - der;
cresc.
f
p
cresc.
f
C Tempo I.
p
Wir a - ber nah'n des Gra - bes Rand, wir a - ber nah'n des Gra - bes
p
p
p
Rand, wir a - ber nah'n des Gra - bes Rand, wir a - ber nah'n des Gra - bes Rand, drum le - gen
f
f

wir   in dei-ne Hand all' uns-re
dolce
drum le-gen wir in dei-ne Hand all uns-re Schä-tze, all uns-re Schä-tze nie -
der
Schlüsselmeister.   Recitativo.
Nehmt hin die Truh, die im-mer of-fen stand, so oft sich das Ge-
tempo.   tempo (langsam.)
merk zu-sam-men fand;   der ält'-ste Mei-sterschloss sie zu   und legt in eu - re Hand den Schlüs-sel.
tempo.   tempo.

Die jungen Sänger.
Allegretto. ♩=136.
Chor. Die Truh barg eu-ren Lie-der-schatz, sie gilt uns hoch und
oder:
sie gilt uns hoch und
tief - - be-wegt.
werth, drum sei ihr auch ein Eh-ren-platz im Sän-ger-saal be-
werth, im Sän-ger - saal be-
scheert.
Recitativ.
Kronenmeister. Zieht ihr hin-
tremolo

aus, sang-lu-stig in die Welt, sei dies Pa-nier dem eu-ren bei-ge-sellt, und sei euch ei-ne
Tempo (langsam)
sehr langsam.
Mah-nung al-le Zeit, dass ihr euch ei-ner ern-sten Kunst ge-
Tempo (langsam)
sehr langsam.
Allegretto.
weiht.
Die jungen Sänger.
mf
CHOR. Wo wir auch im-mer mö-gen stehn be-
Allegretto.
reit zum Wett-ge-sang, soll hoch auch eu-er Banner
soll

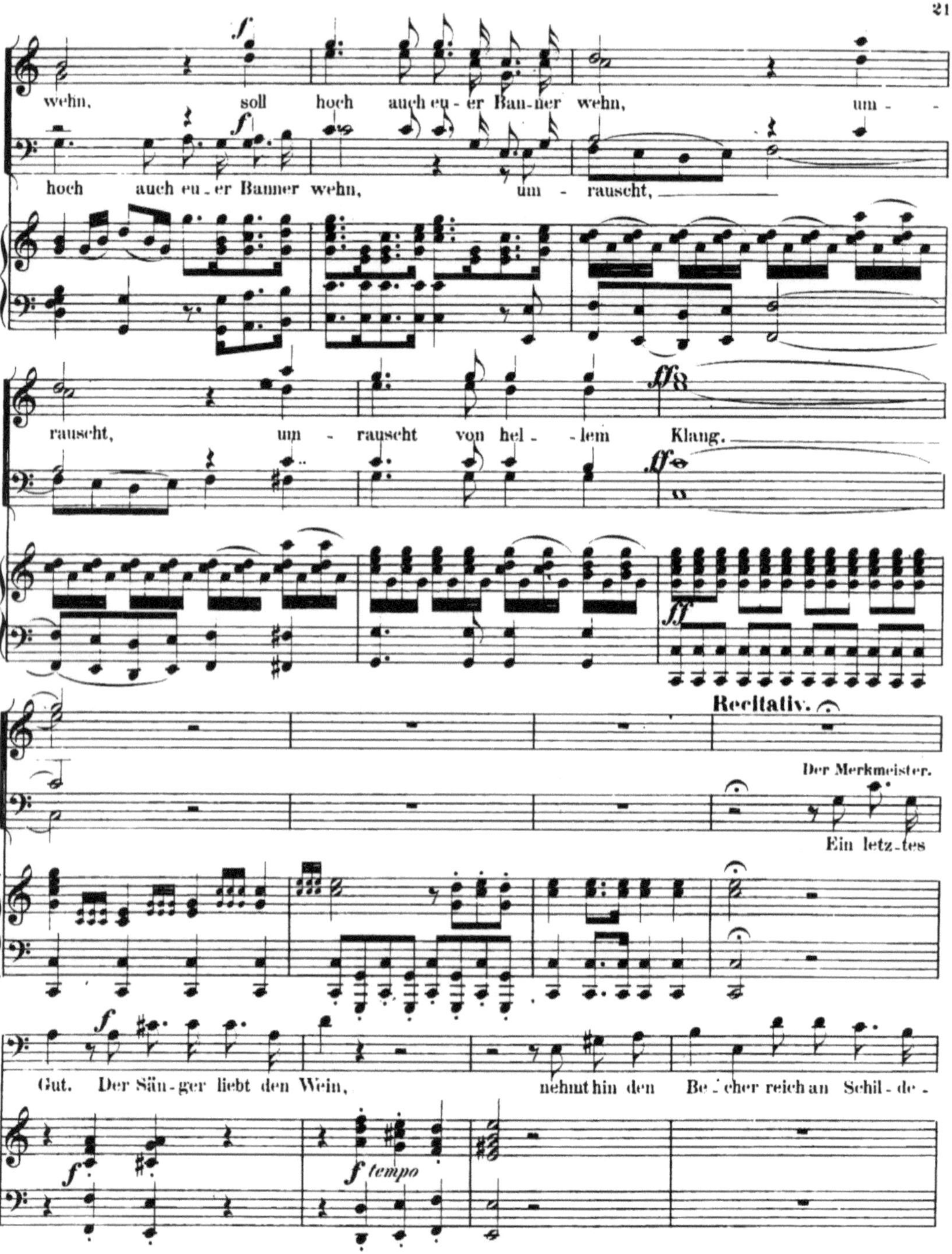
wehn, soll hoch auch eu-er Ban-ner wehn, um-
hoch auch eu-er Banner wehn, um-rauscht,
rauscht, um-rauscht von hel-lem Klang.
Recitativ.
Der Merkmeister.
Ein letz-tes
Gut. Der Sän-ger liebt den Wein, nehmt hin den Be-cher reich an Schil-de-
tempo

tempo moderato
rein, ihn füll' euch oft für eu - er Lied zum Dank die Welt mit gold'nem, duft - gem,
tempo moderato
p
ritard.
Allegretto.
Feu - - er - trank.
Die jungen Sänger.
mf
CHOR. So oft hier in dem Be - cher blinkt das Trau-ben-gold vom Rhein, soll
Allegretto.
f ritard. mf
euch der Sän - ger, wenn er trinkt, zum Dank ein Sprüch-lein weihn.
f
f
f energico

Der Be-cher,horch! giebt hel-len Klang, und perlt in ihm der Wein, dann
soll dem ed - len Mei - ster-sang ein Hoch, ein Hoch,ein Hoch ge-
dann soll dem ed - len Mei - ster-sang.
sun - gen sein,dann soll dem ed - len Mei - ster - sang ein Hoch, ein
ein Hoch, ein

Hoch, ein Hoch ein Hoch, ein Hoch ge - sun - gen sein,
Hoch, ein Hoch, ein Hoch
ein Hoch ge - sun - gen sein, ge - sun - gen sein, ein
Hoch, ein Hoch, ein Hoch
energico

ein Hoch ge - sun - gen sein!
Lento
tenuto
tenuto
p
f

Die Meistersänger.
Adagio.
So wah-ret treu die Kunst in Lust und Leid, so wah- -ret
dolce
so wah-ret
So wah-ret treu die Kunst,die Kunst,
treu die Kunst in
p
treu die Kunst in Lust und Leid und den-ket gern au eu-rer Vä-ter
p
fz
so wah-ret treu
fz p
Zeit, so wah-ret treu die Kunst, so wah-ret treu die Kunst,die Kunst in Lust und
fz p
so wah - ret treu die Kunst,
mf f mf fz p

Leid,
und den-ket gern, und denket gern, und den-ket gern an eu-rer Vä-ter
pp
mf
und denkt
fz
p
fz
p
an eu-rer
Zeit, und denkt an eu - rer Vä-ter Zeit.
D
Die jungen
CHOR.
an eu-rer
p
an eu-rer Vä - - ter Zeit.
Habt
p
trem.
p
Sänger
f
Habt Dank, habt Dank!
mf
Dank, habt Dank, habt Dank!
trem.

Das Er- -be soll uns mah- -nen an
neu- -es Stre- ben fort und fort, dass
wir- ge- treu gleich un- sern Ah- -nen
ff
sempre f
con gra...

be-wah - - -ren un-sern Lie - - -der-hort,
con gra
bewah - - -ren un-sern Lie - - -der-hort.
con gra
con gra
ritard.
167

No. 8. SCHLUSSCHOR.

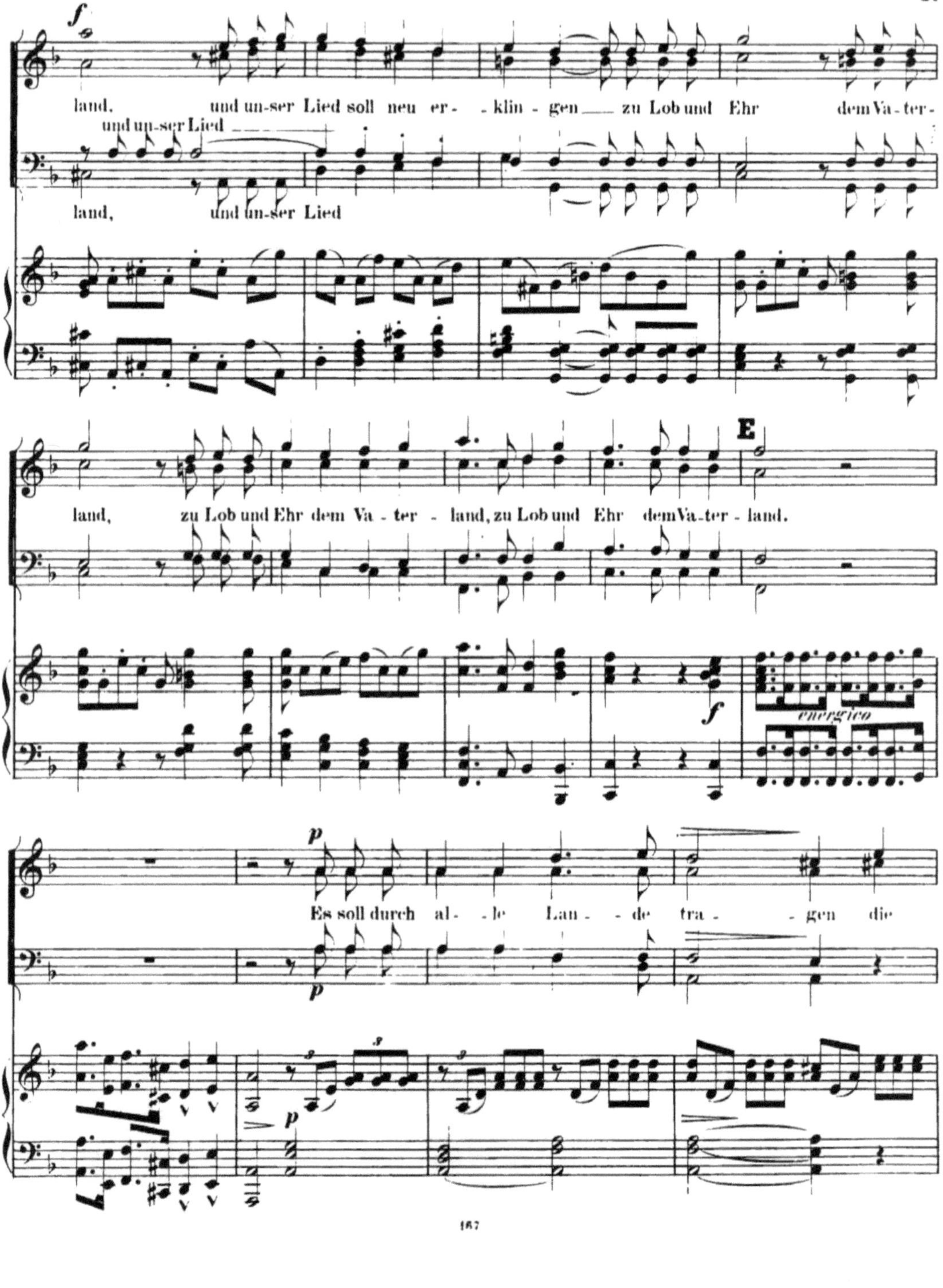
f
land, und un-ser Lied soll neu er- - klin - gen zu Lob und Ehr dem Va - ter -
und un-ser Lied
land, und un-ser Lied
land, zu Lob und Ehr dem Va - ter - land, zu Lob und Ehr dem Va - ter - land.
E
f
energico
p
Es soll durch al - - le Lan - - de tra - - gen die
p
p

Kun - - - de von dem Mei - ster - sang,
die Kun - de
der in der
der in der from - men Vä - - ter Ta - - gen
from - men Vä - - ter Ta - - gen
dem deutschen
mf
dem deutschen Volk, dem deutschen Volk zu Her - zen drang
Volk,
f

Es soll durch al - le Lan - de
tra - - gen die Kun - - de von dem Mei - ster-
die Kun - de
sang,
der in der from - men Vä - ter
der in der from - men Vä - ter Ta - gen

Ta - - gen
dem deutschen Volk
dem deutschen Volk, dem Volk zu Her - zen
dem deutschen Volk zu Her - - zen
drang,
zu Her - zen drang
drang, zu Her - zen drang
F
Ein fe - stes
cre - - - scen -

Band,
Ein fe - stes Band soll uns um -
do -
schlingen, wie es um eu-rern Kreis sich wand, und un - ser
Lied soll neu er - klin - gen zu Lob und Ehr dem Va - ter -
und un - ser Lied soll neu er - klin - gen zu Lob und

land, zu Lob und Ehr dem Va - ter - land, und un - ser
dem Va - ter - land, und un - ser Lied
zu Lob und Ehr und un - ser
Lied soll neu er - klin - gen zu Lob und Ehr dem Va - ter -
land, zu Lob und Ehr dem Va - ter - land
zu

zu Lob und Ehr dem Va - - ter - -
Lob und Ehr dem Va - - ter - land zu Lob und Ehr dem Va - ter -
f
G
land,
zu Lob und Ehr
land, und un - ser Lied soll neu er - klin - gen zu
f.
p
dem Va - ter - land, zu Lob und Ehr dem Va - ter - land, zu
fp
cresc.
f

Lob und Ehr dem Va - ter-land, und un - ser
Lied soll neu er - klin - gen, zu Lob und
Ehr dem Va - - -
Ehr dem Va - ter -land, dem Va - - -

molto allegro
-ter land, dem Va - - -ter - - -land, und un-ser Lied soll neu er-
molto allegro
klin - -gen zu Lob und Ehr dem Va - - - terland,
Va - terland, dem
zu Lob und Ehr dem Va - terland dem Va - ter-
Va - -ter-land, und un - ser Lied soll neu er-
und un - ser Lied soll neu er - klin - -
Va - -ter-land, und un - ser Lied soll neu er-
land, und un - ser Lied soll neu er - klin - -

klin - gen   zu Lob und   Ehr _________   dem Va - ter -
gen zu Lob und   Ehr _________   dem Va - ter - land,
klin - gen   zu Lob und   Ehr   dem Va - ter -
gen zu Lob und   Ehr _________   dem Va - ter - land, _________
land,   zu Lob und   Ehr
zu Lob und   Ehr _________   dem   Va - ter -
land,   zu Lob und   Ehr   dem Va - ter -
accelerando
land,   dem Va - ter - land,   zu Lob und Ehr dem
accelerando
accelerando

Va - -ter-land dem Va - - - - - - - - -ter-land, dem
Va - - - -ter- -land!